GRöLS Verlage

„BÜCHER SIND WIE FALLSCHIRME. SIE NÜTZEN UNS NICHTS, WENN WIR SIE NICHT ÖFFNEN."

Gröls Verlag

Redaktionelle Hinweise und Impressum

Das vorliegende Werk wurde zugunsten der Authentizität sehr zurückhaltend bearbeitet. So wurden etwa ursprüngliche Rechtschreibfehler *nicht* systematisch behoben, denn kleine Unvollkommenheiten machen das Buch – wie im Übrigen den Menschen – erst authentisch. Mitunter wurden jedoch zum Beispiel Absätze behutsam neu getrennt, um den Lesefluss zu erleichtern.

Um die Texte zu rekonstruieren, werden antiquarische Bücher von Lesegeräten gescannt und dann durch eine Software lesbar gemacht. Der so entstandene Text wird von Menschen gegengelesen und korrigiert – hierbei treten auch Fehler auf. Wenn Sie ebenfalls antiquarische Texte einreichen möchten, finden Sie weitere Informationen auf www.groels.de

Viel Freude bei der Lektüre wünscht Ihnen das Team des Gröls-Verlags.

Adressen
Verleger: Sophia Gröls, Im Borngrund 26, 61440 Oberursel
Externer Dienstleister für Distribution & Herstellung: BoD, In de Tarpen 42, 22848 Norderstedt

Unsere „Edition | Kleine Klassiker" versammelt über hundert unbestrittene Klassiker der Weltliteratur in einem ästhetisch anspruchsvollen und handlichen Format.

Die Gröls-Klassiker-Editionen gehören heute mit ungefähr tausend Werken zu den größten Sammlungen klassischer Literatur im deutschen Sprachraum. Wir kultivieren und kuratieren damit einen der wertvollsten Bereiche der abendländischen Kultur. Kleine Auswahl:

Francis Bacon • Neues Organon • **Balzac** • Glanz und Elend der Kurtisanen • **Joachim H. Campe** • Robinson der Jüngere • **Dante Alighieri** • Die Göttliche Komödie • **Daniel Defoe** • Robinson Crusoe • **Charles Dickens** • Oliver Twist • **Denis Diderot** • Jacques der Fatalist • **Fjodor Dostojewski** • Schuld und Sühne • **Arthur Conan Doyle** • Der Hund von Baskerville • **Elisabeth von Österreich** • Das Poetische Tagebuch • **Friedrich Engels** • Die Lage der arbeitenden Klasse • **Ludwig Feuerbach** • Das Wesen des Christentums • **Fitzgerald** • Zärtlich ist die Nacht • **Flaubert** • Madame Bovary • **Theodor Fontane** • Effi Briest • **Robert Musil** • Über die Dummheit • **Edgar Wallace** • Der Frosch mit der Maske • **Jakob Wassermann** • Der Fall Maurizius • **Oscar Wilde** • Das Bildnis des Dorian Grey •

Mark Twain • Huckleberry Finns Abenteuer und Fahrten • **Anton Tschechow** • Die Möwe • **Ludwig Tieck** • Der gestiefelte Kater • **Feuerbach** • Das Wesen des Christentums • **Fitzgerald** • Zärtlich ist die Nacht • **Flaubert** • Madame Bovary • **Theodor Fontane** • Effi Briest • **Robert Musil** • Über die Dummheit • **Edgar Wallace** • Der Frosch mit der Maske • **Jakob Wassermann** • Der Fall Maurizius • **Oscar Wilde** • Das Bildnis des Dorian Grey • **Mark Twain** • Huckleberry Finns Abenteuer und Fahrten • **Anton Tschechow** • Die Möwe • **Ludwig Tieck** • Der gestiefelte Kater • **Jonathan Swift** • Gullivers Reisen • **Robert Louis Stevenson** • Die Schatzinsel • **William Shakespeare** • Othello • **Arthur Schopenhauer** • Die Kunst, Recht zu behalten • **Felix Salten** • Bambi • **Platon** • Der Staat • **Arthur Schnitzler** • Traumnovelle • **Friedrich Schiller** • Wilhelm Tell • **Karl May** • Winnetou • **Franz Kafka** • Der Prozeß • Platon • Verteidigungsrede • **Jules Verne** • Reise nachdem Mittelpunkt der Erde • **Leo Tolstoi** • Auferstehung • **August Strindberg** • Inferno • **Julius Stinde** • Familie Buchholz • **Wilhelm Raabe** • Die schwarze Galeere • **Friedrich Nietzsche** • Götzendämmerung • **Gotthold Ephraim Lessing** • Emilia Galotti *und viele weitere Werke….*

Die Schöne, und das Biest

Ein Märchen

Von Jeanne-Marie de Beaumont

Angelehnt an die Übersetzung von Johann Joachim Schwabe

Es war einmal ein Kaufmann, der überaus reich war. Er hatte sechs Kinder, drey Söhne, und drey Töchter; und weil dieser Kaufmann ein vernünftiger Mann war, so spahrete er keine Kosten zu der Erziehung seiner

Kinder, und hielt ihnen allerley Lehrmeister. Seine Töchter waren sehr schön: vornehmlich aber wurde die jüngste bewundert, und man hieß sie nur, als sie klein war, *das schöne Kind.* Diesen Namen behielt sie; und das erregete bey ihren Schwestern viel Eifersucht.

Diese jüngste, welche schöner war, als ihre Schwestern, war auch besser, als sie. Die beyden ältesten besaßen viel Hochmuth, weil sie reich waren. Sie spieleten die vornehmen Frauen, und wollten die Besuche der andern Kaufmannstöchter nicht annehmen. Sie mußten Standespersonen zu ihrer Gesellschaft haben. Sie giengen alle Tage auf den Ball, in die Komödie, in die Gärten spatzieren, und hielten sich über ihre jüngste Schwester auf, welche den größten Theil ihrer Zeit auf das Lesen guter Bücher wandte. Weil man wußte, daß diese Mägdchen sehr reich waren, so hielten viele große Kaufleute um sie zur Ehe an. Die beyden ältesten aber antworteten, sie wollten sich nicht verheurathen, wofern sie nicht einen

Grafen, oder wenigstens einen Baron, fänden. Die *Schöne,* (denn ich habe Ihnen schon gesaget, daß die jüngste diesen Namen führete,) die *Schöne,* sage ich, dankete denjenigen sehr höflich, die sie heurathen wollten: sie sagete aber zu ihnen, sie wäre noch gar zu jung, und wünschete, ihrem Vater noch einige Jahre Gesellschaft zu leisten.

Auf einmal kam der Kaufmann um sein Vermögen; und er behielt nichts übrig, als ein kleines Landgut, sehr weit von der Stadt. Er sagete mit Weinen zu seinen Kindern, sie müßten auf dieses Gut ziehen, und sie könnten daselbst leben, wenn sie wie die Bauren arbeiteten. Seine beyden ältesten Töchter antworteten: sie wollten die Stadt nicht verlassen; sie hätten viele Liebhaber, die noch gar zu glücklich seyn würden, wenn sie sie heuratheten, ob sie gleich kein Vermögen mehr hätten. Die guten Jungfern betrogen sich. Ihre Liebhaber wollten sie nicht mehr ansehen, da sie arm waren.

Weil Ihnen niemand, wegen ihres Stolzes, gut war, so sagete man: „Sie verdienen nicht, daß man sie beklaget; es ist uns sehr lieb, daß man ihren Hochmuth gedemüthiget sieht; sie mögen nun hingehen, und die vornehme Frau spielen, wenn sie die Schafe hüten." Zu gleicher Zeit aber sagete jedermann: „Was die *Schöne* betrifft, so geht uns ihr Unglück sehr nahe; sie ist ein gutes Mägdchen. Sie sprach mit den armen Leuten sehr gütig; sie war sehr leutselig, sehr höflich.“ Es befanden sich so gar viele Edelleute, die sie heurathen wollten, ob sie gleich keinen Dreyer hatte. Sie sagete aber zu ihnen, sie könnte sich nicht entschließen, ihren armen Vater in seinem Unglücke zu verlassen, und sie wollte ihm auf das Land folgen, damit sie ihn tröstete, und ihm arbeiten hülfe.

Die arme *Schöne* war anfänglich sehr niedergeschlagen darüber gewesen, daß sie ihr Vermögen verloren: sie hatte aber zu sich selbst gesaget: „Wenn ich auch noch so sehr weine, so wird mir das doch nicht mein Gut wieder schaffen. Man muß sich bemühen, ohne Vermögen glückselig zu seyn.“ Als sie auf ihrem Landgute angekommen waren, so beschäfftigten sich der Kaufmann und seine drey Söhne, das Feld zu bauen. Die *Schöne* stund des Morgens um vier Uhr auf, und eilete, das Haus rein zu machen, und die Mittagesmahlzeit für die Familie zu bereiten. Es wurde ihr Anfangs sehr sauer; denn sie war nicht gewohnet, wie eine Magd zu arbeiten. Nach Verlaufe zweener Monate aber wurde sie stärker; und die Arbeit gab ihr eine vollkommene Gesundheit. Wenn sie ihre Arbeit gethan hatte, so las sie, spielete auf dem Claviere, oder sang auch wohl beym Spinnen.

Ihre beyden Schwestern hingegen hätten vor langer Weile fast sterben mögen. Sie stunden des Morgens um zehn Uhr auf, giengen den ganzen Tag spatzieren und vertrieben sich die Zeit damit, daß sie ihre schönen Kleider und ihre Gesellschaften bedaureten, „Man sehe nur unsere jüngere Schwester, sageten sie zu einander; sie hat eine niederträchtige

Seele, und ist so dumm, daß sie mit ihrem unglücklichen Zustande zufrieden ist.“

Der wackere Kaufmann dachte nicht so, wie seine Töchter. Er wußte, daß die *Schöne* viel geschickter wäre, als ihre Schwestern, sich in Gesellschaften zu zeigen. Er bewunderte die Tugend dieser jungen

Tochter und vornehmlich ihre Geduld. Denn ihre Schwestern ließen sie nicht bloß alle Hausarbeit ganz allein verrichten, sondern schalten sie auch noch alle Augenblicke.

Diese Familie hatte nun ein Jahr in der Einsamkeit gelebet, als der Kaufmann Briefe erhielt, worinnen man ihm meldete, es wäre ein Schiff, worauf er

Waaren gehabt, glücklich angekommen. Diese Zeitung hätte seinen beyden ältesten Töchtern den Kopf fast verwirrt gemacht, welche gedachten, sie würden endlich das Land verlassen können, wo ihnen Zeit und Weile so lang würden. Als sie ihren Vater zur Abreise fertig sahen, so bathen sie ihn, er möchte ihnen Röcke, Palatinen, Kopfzeuge und allerhand Kleinigkeiten mitbringen. Die *Schöne* ersuchete ihn um nichts. Denn sie dachte bey sich selbst, alles Geld für die Waaren würde nicht zureichen, das zu kaufen, was ihre Schwestern wünscheten.

„Du bittest mich nicht, daß ich dir etwas kaufen soll: sagete ihr Vater zu ihr. – Weil Sie die Gütigkeit haben, und an mich denken wollen, antwortete sie ihm, so bitte ich Sie, bringen Sie mir eine Rose mit; denn hier wachsen keine.“ Die *Schöne* fragete eben nicht viel nach einer Rose: sie wollte aber nicht durch ihr Beyspiel die Aufführung ihrer Schwestern verdammen, welche gesaget haben würden, es geschähe nur bloß, sich von ihnen zu unterscheiden, daß sie nichts verlangete.

Der wackere Mann reisete ab. Als er aber angekommen war, so fieng man mit ihm einen Proceß wegen seiner Waaren an; und nachdem er viele Mühe gehabt hatte, so reisete er eben so arm wieder zurück, als er vorher war. Er hatte nicht über dreyßig

Meilen nach Hause; und er freuete sich schon über das Vergnügen, seine Kinder wieder zu sehen. Weil er aber durch ein großes Holz mußte, ehe er nach Hause kommen konnte, so verirrete er sich darinnen. Es schneyete entsetzlich. Der Wind war so stark, daß er ihn zweymal vom Pferde warf: und da ihn die Nacht überfallen hatte, so dachte er, er würde vor Hunger oder Kälte sterben, oder von den Wölfen gefressen werden, die er rund um sich herum heulen hörete.

Auf einmal erblickete er, da er umher sah, an dem Ende einer großen Allee von Bäumen ein starkes Licht, welches sehr weit entfernet zu seyn schien. Er ritt nach der Seite zu, und sah, daß dieses Licht aus einem großen Pallaste kam, welcher ganz erleuchtet war. Der Kaufmann dankete Gott für den Beystand, den er ihm schickete, und eilete, daß er nach diesem Schlosse käme. Es nahm ihn aber sehr Wunder, daß er keinen Menschen in den Höfen desselben fand. Sein Pferd, welches ihm folgete, sah einen großen Stall offen, und gieng hinein. Weil es daselbst Haber und Heu fand, so fiel das arme Tier, welches vor Hunger fast gestorben war, mit vieler Gierigkeit darüber her. Der Kaufmann band es in dem Stalle an, und gieng in das Haus, wo er keinen Menschen sah. Als er aber in einen großen Saal kam, so traf er daselbst ein gutes Feuer und eine mit

Speisen besetzete Tafel an, die nur für eine Person gedecket war.

Weil der Regen und der Schnee ihn bis auf die Knochen durchnässet hatten, so trat er zu dem Feuer, damit er sich trocknete, und sagete bey sich selbst, der Herr des Hauses oder seine Bedienten werden mir die Freyheit verzeihen, die ich mir nehme, und ohne Zweifel werden sie bald kommen. Er wartete eine ziemliche Zeitlang. Nachdem es aber eilfe geschlagen hatte, ohne daß er jemand sah, so konnte er dem Hunger nicht widerstehen, und nahm ein junges Huhn, welches er auf zween Bissen und mit Zittern verzehrete. Er trank auch einige Gläser Wein; und da er dadurch kühner geworden war, so gieng er aus dem Saale und durch viele große ausmeublirte Gemächer. Endlich fand er ein Zimmer, worinnen ein gutes Bette stund; und weil Mitternacht schon vorbey und er müde war, so hielt er es für das Beste, daß er die Thüre zuschloß und sich nieder legete.

Es war des Morgens um zehn Uhr, als er den andern Tag aufstund; und er wunderte sich sehr, daß er ein sehr sauberes Kleid anstatt des Seinigen antraf, welches ganz verderbt war. „Ganz gewiß gehöret dieser Pallast, sagete er bey sich selbst, einer guten Feye zu, welche mit meinem Zustande Erbarmen hat.“ Er sah aus dem Fenster und sah keinen Schnee mehr, sondern Lauben von Bluhmen, die das Gesicht bezauberten.

Er trat in den großen Saal, wo er den Abend gegessen hatte, und sah einen kleinen Tisch, worauf Chocolade stund. „Ich danke Ihnen, gnädige Frau Feye, sagete er ganz laut, daß Sie die Gütigkeit gehabt, und an mein Frühstück gedacht haben.“

Nachdem der wackere Mann seine Chocolade zu sich genommen, so gieng er hinaus, und wollte sein Pferd suchen. Weil er nun unter einer Laube von Rosen weggieng, so erinnerte er sichs, daß ihn die *Schöne* um eine Rose ersuchet hatte, und brach einen Zweig ab, woran ihrer viele saßen. In eben der Zeit hörete er ein großes Geräusch, und sah ein so entsetzliches Biest auf sich zukommen, daß er beynahe in Ohnmacht gefallen wäre. „Du bist sehr undankbar, sagete das *Biest* mit einer fürchterlichen Stimme zu ihm. Ich habe dir das Leben gerettet, indem ich dich in mein Schloß aufgenommen; und für meine Güte stiehlst du mir meine Rosen, die ich unter allen Sachen in der Welt am allerliebsten habe. Diesen Fehler zu büßen, mußt du sterben. Ich gebe dir nur eine Viertelstunde Zeit, damit du Gott um Verzeihung bitten könnest."

Der Kaufmann fiel auf die Knie und sagete mit gefaltenen Händen zu dem *Bieste:* „Gnädiger Herr, verzeihen Sie mir, ich habe nicht geglaubet, Sie zu beleidigen, wenn ich eine Rose für eine meiner Töchter abbräche, die mich darum gebethen hat.“

„Ich heiße nicht gnädiger Herr, antwortete ihm das Ungeheuer, sondern *Biest*. Ich liebe die Complimenten nicht; ich will, daß man sage, was man denket. Glaube also nicht, daß du mich durch deine Schmeicheleyen rühren werdest. Doch du hast mir gesaget, du hättest Töchter. Ich will dir wohl verzeihen, unter der Bedingung, daß eine von deinen Töchtern freywillig komme, statt deiner zu sterben. Sage mir weiter kein Wort. Reise; und wenn deine Töchter sich weigern, für dich zu sterben, so schwöre, daß du in dreyen Monaten wiederkommen wollest.“

Der gute Mann war nicht Willens, eine von seinen Töchtern diesem garstigen UnBieste aufzuopfern; sondern er dachte: „Ich werde doch wenigstens das Vergnügen haben, sie noch einmal zu umarmen.“ Er schwur also, er wollte wieder zurück kommen; und das *Biest* sagete zu ihm, er könnte abreisen, wenn er wollte. „Allein, setzete es hinzu, ich will nicht, daß du mit leeren Händen weggehest. Kehre wieder in das Zimmer zurück, wo du geschlafen hast; du wirst daselbst einen großen Kuffer finden; darein kannst du alles legen, was dir belieben wird; ich will ihn nach deinem Hause bringen lassen.“ Zu gleicher Zeit begab sich das Biest zurück; und der gute ehrliche Mann sagete bey sich selbst: „Wenn ich ja sterben muß, so werde ich doch den Trost haben, daß ich meinen armen Kindern Brodt hinterlasse.“

Er gieng in das Zimmer zurück, wo er geschlafen hatte; und nachdem er daselbst eine große Menge

Goldstücken gefunden, so füllete er den großen Kuffer damit an, wovon ihm das Biest gesaget hatte. Er schloß ihn zu; und nachdem er sein Pferd wieder genommen, welches er noch in dem Stalle fand, so gieng er aus diesem Pallaste mit einer Traurigkeit, die der Freude gleich war, welche er hatte, als er hineingeritten. Sein Pferd nahm von sich selbst einen Weg durch den Wald; und in wenigen Stunden kam der ehrliche Mann in seinem kleinen Hause an. Seine Kinder waren um ihn herum. Allein, an statt daß er über ihre Liebkosungen hätte vergnügt seyn sollen, so fieng er an, zu weinen, da er sie ansah. Er hielt den Rosenzweig, welchen er der *Schönen* mitbrachte, in der Hand; er gab ihn ihr, und sagete: „Da, *Schöne,* nimm diese Rosen hin, sie werden deinem unglücklichen Vater sehr theuer zu stehen kommen;" und darauf erzählete er seiner Familie die klägliche Begebenheit, die ihm begegnet war.

Bey dieser Erzählung erhoben seine beyden ältesten Töchter ein großes

Geschrey, und schimpfeten und schmäheten auf die *Schöne,* welche nicht weinete. „Da sieht man, was der Hochmuth dieser kleinen Creatur hervorbringt, sageten sie. Warum verlangete sie keine Kleidungen, wie wir? Aber nein, Mademoiselle wollte etwas besonders haben. Sie wird unserm Vater den Tod verursachen; und sie weinet nicht einmal.“

„Das würde sehr unnütz seyn, erwiederte die *Schöne.* Warum sollte ich den Tod meines Vaters beweinen? Er wird nicht umkommen. Weil das Ungeheuer eine von seinen Töchtern annehmen will, so will ich mich allein seinem Grimme überliefern; und ich halte mich für sehr glücklich, weil ich bey meinem Tode die Freude haben werde, meinen Vater zu retten, und ihm meine Zärtlichkeit zu beweisen."

„Nein, meine liebe Schwester, sageten ihre drey Brüder zu ihr, du sollst nicht sterben; wir wollen das Ungeheuer aufsuchen, und unter seinen Klauen umkommen, wenn wir es nicht umbringen können."

„Hoffet das nicht, meine lieben Kinder, sagete der Kaufmann zu ihnen; die Macht dieses Biestes ist so groß, daß mir keine Hoffnung übrig bleibt, es zu tödten. Ich bin über das gute Herz der *Schönen* sehr vergnügt: ich will sie aber nicht in den Tod geben. Ich bin alt; ich habe nur noch wenige Zeit zu leben: ich werde also bloß einige Jahre von einem Leben verlieren, welches ich nur eurentwegen bedaure, meine lieben Kinder.“

„Ich versichere Sie, mein lieber Vater, sagete die *Schöne;* Sie sollen ohne mich nicht nach diesem Pallaste gehen. Sie können mich nicht abhalten, daß ich Ihnen nicht folge. Ob ich gleich jung bin, so bin ich dem

Leben doch nicht sehr zugethan; und ich will lieber von diesem Ungeheuer aufgefressen werden, als vor Bekümmerniß sterben, welche mir Ihr Verlust verursachen würde.“

Man mochte noch so viel reden, die *Schöne* wollte durchaus nach dem schönen Pallaste reisen; und ihre Schwestern waren recht froh darüber, weil die Tugenden dieser jüngsten ihnen viel Eifersucht eingeflößet hatten. Der Kaufmann war von dem Schmerze, seine Tochter zu verlieren, so eingenommen, daß er nicht an den Kuffer dachte, welchen er mit Golde angefüllet hatte. So bald er sich aber in seiner Kammer eingeschlossen, und sich niederlegen wollte, so erstaunete er sehr, daß er solchen hinter seinem Bette fand. Er entschloß sich, seinen Kindern nichts davon zu sagen, daß er so reich geworden war; weil seine Töchter gern wieder in die Stadt ziehen wollten, er aber entschlossen war, auf diesem Landgute zu sterben. Doch vertrauete er dieses Geheimniß der *Schönen,* welche ihm meldete, es wären unter seiner Abwesenheit einige Edelleute zu ihnen gekommen, und es fänden sich zween darunter, die ihre Schwestern liebeten. Sie bath ihren Vater, er möchte sie verheurathen; denn sie war so gut, daß sie dieselben lieb hatte, und ihnen von ganzem Herzen alles vergab, was sie ihr zu Leide gethan hatten.

Diese beyden boshaften Töchter rieben sich die Augen mit einer Zwiebel, damit sie weinen konnten, als die *Schöne* mit ihrem Vater abreisete. Ihre Brüder aber weineten im Ernste sowohl, als der Kaufmann. Nur die *Schöne* weinete nicht, weil sie ihren Schmerz nicht vermehren wollte. Das Pferd nahm den Weg nach dem Pallaste; und gegen Abend wurden sie ihn so erleuchtet gewahr, als das erste Mal. Das Pferd war ganz allein in dem Stalle; und der wackere Mann gieng mit seiner Tochter in den großen Saal, wo sie eine prächtig angerichtete Tafel fanden, die für zwo Personen gedecket war. Der Kaufmann hatte nicht das Herz, daß er etwas aß. Die *Schöne* aber, welche sich zwang, ruhig zu scheinen, setzete sich zur Tafel und legete ihm vor. Darauf sagete sie bey sich selbst: „Das *Biest* will mich fett machen, ehe es mich auffrißt; weil es mir so gutes Essen und Trinken giebt.“

Als sie gegessen hatten, so höreten sie ein großes Geräusch, und der Kaufmann nahm von seiner Tochter mit Weinen Abschied; denn er dachte, das *Biest* käme. Die *Schöne* konnte sich des Zittern und Bebens nicht enthalten, als sie diese schreckliche Gestalt sah. Sie fassete sich aber wieder, so gut sie konnte; und da das Ungeheuer sie fragete, ob es aus gutem Herzen geschehen wäre, daß sie hergekommen, so sagete sie mit Zittern, ja.

„Sie sind sehr gütig, sagete das *Biest,* und ich bin Ihnen sehr verbunden. – Ihr aber, guter ehrlicher Mann, reiset morgen früh, und lasset euch niemals einfallen, hier wieder herzukommen. – Leben Sie wohl, *Schöne.* –“ Fahre wohl, *Biest,* antwortete sie; und gleich darauf begab sich das Ungeheuer hinweg.

„Ach, meine liebe Tochter, sagete der Kaufmann, indem er die *Schöne* umarmete, ich bin halbtodt vor Schrecken. Folge mir, laß mich hier bleiben." – „Nein, mein lieber Vater, sagete die *Schöne* mit Standhaftigkeit zu ihm; Sie sollen morgen früh abreisen, und mich dem Beystande des Himmels überlassen;

vielleicht wird er sich meiner erbarmen."

Sie legeten sich nieder, und glaubeten, sie würden die ganze Nacht nicht schlafen können. Sie waren aber kaum in ihren Betten, so thaten sich auch ihre Augen zu. Die *Schöne* sah in währendem ihren Schlafe eine Dame, die zu ihr sagete:

„Ich bin mit deinem guten Herzen zufrieden, *Schöne*. Die gute That, die du jetzo thust, indem du dein Leben hingiebst, um das Leben deines Vaters zu retten, wird nicht ohne Belohnung bleiben." Die *Schöne* erzählete beym Aufwachen diesen Traum ihrem Vater: und ob er ihn gleich ein wenig tröstete, so hinderte ihn solches doch nicht, sehr zu winseln und zu wehklagen, als er sich von seiner geliebten Tochter trennen mußte.

Da er abgereiset war, so setzete sich die *Schöne* in den großen Saal, und fieng auch an zu weinen. Weil sie aber viel Muth hatte, so empfahl sie sich dem lieben Gotte, und entschloß sich, sie wollte sich die wenige Zeit über, die sie noch zu leben hätte, nicht kränken; denn sie glaubete steif und fest, das *Biest* würde sie den Abend auffressen. Sie nahm sich vor, sie wollte unterdessen herum spatzieren, und dieses schöne Schloß besehen. Sie konnte sich nicht enthalten, die Schönheit desselben zu bewundern. Sie wurde aber sehr erstaunet, als sie eine Thüre fand, worüber geschrieben stund: *Zimmer der Schönen*. Sie machete die Thüre in aller Eile auf, und ward von der Pracht ganz verblendet, die daselbst herrschete. Was ihr aber am meisten in die Augen fiel, war eine große Bibliothek, ein schöner Flügel und viele Notenbücher.

„Man will doch nicht, daß ich lange Weile haben soll, sagete sie ganz sachte bey sich selbst; und darauf dachte sie: Wenn ich nur einen Tag hier bleiben sollte, so würde man nicht so viel für mich angeschaffet haben.“ Dieser Gedanken ermunterte ihren Muth wieder. Sie machete den Bücherschrank auf, und sah ein Buch, worinnen mit goldenen Buchstaben geschrieben war: *Wünschen Sie; befehlen Sie; Sie sind hier die Königinn und Frau.* „Ach, sagete sie mit Seufzen, ich wünsche nichts weiter, als daß ich meinen armen Vater wieder sehen, und erfahren möge, was er jetzt machet.“ Sie hatte dieses bey sich selbst gesaget. Wie erstaunete sie aber, als sie ihre Augen auf einen großen Spiegel warf, und darinnen sein Haus erblickete, woselbst ihr Vater mit einem überaus traurigen

Gesichte ankam. Ihre Schwestern giengen ihm entgegen, und ungeachtet der Verstellungen ihrer Gebärden, die sie macheten, damit sie betrübt scheinen möchten, sah man dennoch die Freude, die sie über den Verlust ihrer Schwester hatten, auf ihrem Gesichte erscheinen. Einen Augenblick darnach verschwand alles dieses wieder; und die *Schöne* konnte sich nicht enthalten, zu denken: das *Biest* sey sehr gefällig, und sie habe nichts von ihm zu befürchten.

Zu Mittage fand sie die Tafel gesetzet und die Mahlzeit über hörete sie ein vortreffliches Concert, wiewohl sie keine Seele sah. Den Abend, als sie sich zur Tafel setzen wollte, hörete sie das Geräusch, welches das *Biest* machete, und konnte sich des Zitterns und Bebens nicht enthalten. „*Schöne,* sagete dieses Ungeheuer zu ihr, wollen Sie wohl erlauben, daß ich Sie den Abend speisen sehe?“ – „Ihr habet hier zu befehlen:“ antwortete die *Schöne* mit Zittern.

„Nein, versetzete das *Biest;* es hat hier niemand zu befehlen, als Sie. Sie dürfen mir nur sagen, ich soll gehen, wenn ich Ihnen verdrüßlich falle; ich werde sogleich weggehen. Sagen Sie mir, finden Sie mich nicht sehr häßlich?“

„Das ist wahr, sagete die *Schöne;* ich kann nicht lügen: aber ich glaube, Sie sind sehr gut.“

„Sie haben Recht, antwortete das Ungeheuer! allein außer dem, daß ich häßlich bin, habe ich auch keinen Witz; ich weis wohl, daß ich ein dummes Vieh bin.“

„Man ist kein dummes Vieh, erwiederte die *Schöne,* wenn man glaubet, daß man keinen Witz habe; ein Thor hat solches niemals gewußt.“

„Essen Sie denn, *Schöne,* sagete das Ungeheuer, und lassen Sie sich die Zeit in Ihrem Hause nicht lang werden; denn alles gehöret Ihnen hier zu; und es würde mich kränken, wenn Sie nicht vergnügt wären."

„Sie haben viel Gütigkeit, sagete die *Schöne*. Ich gestehe es Ihnen, ich bin mit Ihrem Herzen sehr zufrieden. Wenn ich daran denke, so kommen Sie mir nicht mehr so häßlich vor."

„O warlich, ja, antwortete das *Biest,* ich habe ein gutes Herz: aber ich bin ein Ungeheuer."

„Es giebt viele Menschen, die ärgere Ungeheuer sind, als Sie, sagete die *Schöne;* und ich will Sie mit Ihrer Gestalt viel lieber haben, als diejenigen, welche bey der Menschengestalt ein falsches, verderbtes, undankbares Herz verstecken.“

„Wenn ich Witz hätte, antwortete das *Biest,* so würde ich Ihnen ein groß Compliment machen, und mich bey Ihnen bedanken: allein, ich bin dumm; und alles, was ich Ihnen sagen kann, ist, daß ich Ihnen sehr verbunden bin.“

Die *Schöne* speisete den Abend mit gutem Appetite. Sie hatte fast gar keine Furcht mehr vor dem Ungeheuer: sie wäre aber bald vor Schrecken gestorben, als es zu ihr sagete: „*Schöne,* wollen Sie meine Frau werden?“

Sie blieb eine Zeitlang still, ohne zu antworten. Sie furchte sich, sie möchte den Zorn des Ungeheuers erregen, wenn sie es abschlüge. Indessen sagete sie doch mit Zittern: Nein, *Biest.*

In dem Augenblicke wollte dieses arme Ungeheuer seufzen, und machete ein so entsetzliches Gezische, daß der ganze Pallast davon erschallete. Die *Schöne* bekam aber bald wieder Muth. Denn das *Biest* sagete mit Betrübniß zu ihr: Leben Sie denn wohl, *Schöne!* und gieng aus dem Zimmer hinaus, wobey es sich von Zeit zu Zeit umkehrete, damit es die *Schöne* noch einmal ansähe.

Als die *Schöne* sich allein sah, so empfand sie ein großes Mitleiden mit diesem armen *Bieste.* „Ach, sagete sie, es ist recht Schade, daß es so häßlich ist; es ist so gut!“

Die *Schöne* brachte drey Monate in diesem Pallaste ziemlich ruhig zu. Alle Abende stattete das *Biest* seinen Besuch bey ihr ab, unterhielt sie bey der Tafel mit vieler gesunden Vernunft, aber niemals mit dem, was man in der Welt Witz nennet. Alle Tage entdeckete die *Schöne* neue Güte an diesem Ungeheuer. Die Gewohnheit, es zu sehen, hatte sie an seine Häßlichkeit gewöhnet; und sie fürchtete den Augenblick seines Besuches gar nicht mehr, sondern sah dafür oftmals nach ihrer Uhr, um zu sehen, ob es noch nicht bald Neune wäre. Denn das *Biest* ermangelte niemals, um diese Stunde zu kommen. Nur eine einzige Sache machete der *Schönen* Kummer, nämlich daß das Ungeheuer allezeit, ehe es weggieng, sie fragete, ob sie seine Frau werden wollte? und daß es ganz von Schmerz durchdrungen zu seyn schien, wenn sie Nein dazu sagete.

Eines Tages sagete sie zu dem Ungeheuer: „Sie kränken mich, *Biest;* ich wollte wünschen, daß ich Sie heurathen könnte: allein, ich bin viel zu aufrichtig, als daß ich Ihnen weismachen wollte, es werde noch wohl einmal geschehen. Ich werde stets Ihre gute Freundinn seyn. Seyn Sie damit immer zufrieden."

„Man muß wohl, versetzete das *Biest.* Ich lasse mir Gerechtigkeit wiederfahren. Ich weis, daß ich recht abscheulich bin; ich liebe Sie aber sehr. Indessen bin ich nur gar zu glücklich dadurch, daß Sie gern hier bleiben wollen. Versprechen Sie mir, daß Sie mich niemals verlassen wollen.“

Die *Schöne* erröthete bey diesen Worten. Sie hatte in ihrem Spiegel gesehen, daß ihr Vater vor Bekümmerniß darüber krank war, daß er sie verloren hatte; und sie wünschete ihn wieder zu sehen. „Ich könnte es Ihnen wohl versprechen, sagete sie zu dem *Bieste,* daß ich Sie ganz und gar niemals verlassen wollte: allein, ich habe ein so großes

Verlangen, meinen Vater wieder zu sehen, daß ich vor Schmerzen sterben würde, wenn Sie mir dieses Vergnügen abschlügen."

„Ich will lieber selbst sterben, sagete dieses Ungeheuer, als Ihnen Bekümmerniß verursachen. Ich will Sie zu Ihrem Vater schicken; Sie werden daselbst bleiben, und Ihr armes *Biest* wird vor Schmerzen darüber sterben.“

„Nein, sagete die *Schöne* mit Weinen zu ihm; ich habe Sie viel zu lieb, als daß ich Ihren Tod verursachen wollte. Ich verspreche es Ihnen, ich will in acht Tagen wieder kommen. Sie haben mir gezeiget, daß meine Schwestern verheurathet sind, und daß meine Brüder zu dem Heere gegangen. Mein Vater ist ganz allein; erlauben Sie, daß ich eine Woche bey ihm bleibe."

„Sie sollen Morgen früh da seyn, sagete das *Biest*. Erinnern Sie sich aber Ihres Versprechens. Sie dürfen nur, ehe Sie zu Bette gehen, Ihren Ring auf einen Tisch legen, wenn Sie wieder zurück kommen wollen. Leben Sie wohl, *Schöne.*“

Das Ungeheuer seufzete nach seiner Gewohnheit, als es diese Worte sagete; und die *Schöne* legete sich ganz traurig darüber nieder, daß sie dasselbe betrübt sah. Als sie den Morgen aufwachete, so befand sie sich in ihres Vaters Hause; und nachdem sie eine Klingel gezogen, die an der Seite ihres Bettes war, so sah sie die Magd kommen, welche einen großen Schrey that, als sie die *Schöne* erblickete. Der gute ehrliche Mann kam auf dieses Geschrey herzu gelaufen und wäre vor Freuden fast gestorben, da er seine liebe Tochter wieder sah. Sie hielten sich über eine Viertelstunde lang umarmet.

Die *Schöne* dachte, nach den ersten Entzückungen, sie hätte keine Kleider anzuziehen, daß sie aufstehen könnte: die Magd aber sagete zu ihr, sie hätte in der benachbarten Kammer einen großen Kuffer voller goldenen mit Diamanten besetzeten

Röcke gefunden. Die *Schöne* dankete dem guten *Bieste* wegen seiner Aufmerksamkeit. Sie nahm denjenigen von den Röcken, der am wenigsten kostbar war, und sagete zu der Magd, sie sollte die andern einschließen, sie wollte ihre Schwestern damit beschenken. Kaum hatte sie aber diese Worte ausgesprochen, so verschwand der

Kuffer. Ihr Vater sagete zu ihr, das *Biest* wollte, sie sollte alles das für sich behalten: und sogleich kamen die Röcke und der Kuffer wieder an eben den Ort.

Die *Schöne* kleidete sich an, und währender Zeit wurde es ihren Schwestern gemeldet, welche mit ihren Männern herzu eileten. Sie waren alle beyde sehr unglücklich. Die älteste hatte einen Edelmann geheurathet, der so schön war, als die Liebe: er war aber in seine eigene Gestalt so verliebt, daß er sich nur damit vom Morgen an bis auf den Abend beschäfftigte, und die Schönheit seiner Frau verachtete. Die zweyte hatte einen Mann geheurathet, welcher viel Witz besaß:

er bedienete sich dessen aber nur, alle Welt toll zu machen und seine Frau zu allererst. Die Schwestern der *Schönen* wollten vor Schmerzen fast sterben, als sie solche wie eine Prinzessinn gekleidet und schöner, als den Tag, sahen. Sie mochte sie liebkosen, wie sie wollte; nichts konnte ihre Eifersucht ersticken, welche sehr zunahm, als sie ihnen erzählet hatte, wie glücklich sie wäre.

Diese beyden eifersüchtigen Schwestern giengen in den Garten, um daselbst nach ihrer Bequemlichkeit zu weinen, und sie sageten zu einander: „Warum ist diese kleine Creatur glücklicher, als wir?

Sind wir nicht liebenswürdiger, als sie?“

„Meine liebe Schwester, sagete die älteste, es fällt mir etwas ein. Wir wollen uns bemühen, sie länger, als acht Tage, hier zu behalten. Ihr dummes *Biest* wird darüber in Zorn gerathen, daß sie ihr Wort nicht gehalten, und wird sie vielleicht auffressen.“

„Du hast Recht, Schwester, antwortete die andere. Dieserwegen aber müssen wir ihr große Liebkosungen erweisen.“ Nachdem sie diesen Entschluß gefasset hatten, so giengen sie wieder hinein, und erwiesen ihrer Schwester so viel

Freundschaft, daß die *Schöne* vor Freuden darüber weinete. Als die acht Tage vorbey waren, so rissen sich die beyden Schwestern die Haare aus dem Kopfe, und stelleten sich über die Abreise so betrübt, daß sie versprach, sie wollte noch acht Tage da bleiben.

Indessen verwies sich die *Schöne* den Kummer, welchen sie ihrem armen *Bieste* verursachen würde, das sie von ganzem Herzen liebete; und es wurden ihr Zeit und Weile lang, daß sie solches nicht mehr sah. In der zehnten Nacht, die sie bey ihrem Vater zubrachte, träumete ihr, sie wäre in dem Garten des Pallastes und sähe das *Biest* auf dem Grase liegen, welches den Augenblick sterben wollte, und ihr ihre Undankbarkeit verwies.

Die *Schöne* wachete plötzlich darüber auf und vergoß Thränen. „Bin ich nicht recht boshaft, sagete sie, daß ich einem Bieste Kummer verursache, das so viele Gefälligkeit für mich hat? Ist es seine Schuld, daß es so häßlich ist und so wenig Witz hat? Es ist gut; das ist besser, als alles übrige. Warum habe ich das Ungeheuer nicht heurathen wollen? Ich würde mit ihm glücklicher seyn, als meine Schwestern mit ihren Männern. Weder die Schönheit, noch der Witz eines Mannes machen eine Frau vergnügt; nur die Güte seiner Gemüthsart, die Tugend, die Gefälligkeit thun es; und das *Biest* hat alle diese guten Eigenschaften. Ich habe keine Liebe gegen dasselbe: ich habe aber Hochachtung, Freundschaft und Erkenntlichkeit gegen solches. Wohlan, man muß es nicht unglücklich machen; ich würde mir meine Undankbarkeit mein ganzes Lebenlang vorwerfen.“

Bey diesen Worten stund die *Schöne* auf, legete ihren Ring auf den Tisch und gieng wieder zu Bette. Kaum war sie darinnen, so schlief sie ein; und als sie den Morgen aufwachete, so sah sie mit vieler Freude, daß sie wieder in dem Pallaste des *Biestes* war. Sie kleidete sich prächtig an, damit sie dem Ungeheuer gefallen möchte; und es wurden ihr den ganzen Tag Zeit und Weile bis auf den Tod lang, indem sie neun Uhr des Abends erwartete. Allein, es mochte immer neune schlagen: das *Biest* erschien nicht. Die *Schöne* befürchtete nunmehr, sie hätte seinen Tod verursachet. Sie lief den ganzen Pallast durch, und erhob ein großes Geschrey; sie war in Verzweiflung.

Nachdem sie das Ungeheuer überall gesuchet hatte, so erinnerte sie sich ihres Traumes und lief in den Garten nach dem Graben, wo sie es im Schlafe gesehen hatte. Sie fand das arme *Biest* ohne Empfindung ausgestreckt liegen, und glaubete, es wäre todt. Sie fiel auf dessen Leib, ohne vor seiner Gestalt einen Abscheu zu haben; und da sie fühlete, daß sein

Herz noch schlug, so nahm sie Wasser aus dem Graben und sprützete es ihm auf den Kopf. Das *Biest* schlug die Augen auf und sagete zu ihr: „Sie haben ihr Versprechen vergessen; der Gram darüber, daß ich Sie verloren hatte, hat mich den Entschluß fassen lassen, mich zu Tode zu hungern. Ich sterbe aber zufrieden; weil ich das

Vergnügen habe, Sie noch einmal wieder zu sehen."

„Nein, mein liebes *Biest,* Sie sollen nicht sterben, sagete die *Schöne* zu ihm: Sie sollen leben und mein Ehegemahl werden; von diesem Augenblicke an gebe ich Ihnen meine Hand; und ich schwöre es, ich will nur die Ihrige seyn. Ach, ich glaubete, ich hätte bloß Freundschaft für Sie; der Schmerz aber, welchen ich empfinde, zeiget mir, daß ich nicht würde leben können, wenn ich Sie nicht sähe.“

Kaum hatte die *Schöne* diese Worte ausgesprochen, so sah sie das Schloß vom Lichte schimmern; die Feuerwerke, die Musik, alles kündigte ihr ein Fest an. Alle diese Schönheiten aber hielten ihre Blicke nicht auf. Sie wandte sich wieder zu ihrem geliebten *Bieste,* vor dessen Gefahr sie bebete. Wie groß war doch ihr Erstaunen! Das *Biest* war verschwunden, und sie sah nur einen Prinzen, schöner als die Liebe, zu ihren Füßen, welcher ihr dankete, daß sie seine Bezauberung geendiget hätte.

Obgleich dieser Prinz alle ihre Achtung verdienete, so konnte sie sich doch nicht enthalten, ihn zu fragen, wo das *Biest* wäre? „Sie sehen es hier zu Ihren Füßen, sagete der Prinz zu ihr. Eine boshafte Feye hatte mich verwünschet, so lange unter dieser Gestalt zu bleiben, bis ein schönes Frauenzimmer sichs gefallen ließe, mich zu heurathen; und sie hat mir verbothen, meinen Witz sehen zu lassen. Es ist also niemand in der Welt so gütig gewesen, und hat sich von meiner guten Gemüthsart rühren lassen, als Sie; und ich kann mich derer Verbindlichkeiten, die ich Ihnen habe, dadurch noch nicht entledigen, daß ich Ihnen meine Krone anbiethe.“

Die *Schöne* war auf eine angenehme Art erstaunet, und reichete diesem Prinzen die Hand, um ihn aufzuheben. Sie giengen zusammen auf das Schloß, und die *Schöne* wäre vor Freuden fast gestorben, als sie in dem großen Saale ihren Vater und ihre ganze Familie fand, welche die schöne Dame, die ihr im Traume erschienen war, in das Schloß gebracht hatte.

„*Schöne,* sagete diese Dame zu ihr, welche eine große Feye war, empfangen Sie die Belohnung Ihrer guten Wahl. Sie haben der Schönheit und dem Witze die Tugend vorgezogen; Sie verdienen, alle diese Eigenschaften in einer und eben derselben Person vereiniget zu finden. Sie werden eine große Königinn werden; ich hoffe, der Thron werde Ihre Tugenden nicht zernichten. – Was euch aber anbetrifft, ihr beyden Weiber, sagete die Feye zu den beyden Schwestern der *Schönen,* so kenne ich euer Herz und alle Bosheit, die es in sich schließt. Werdet zwo Bildsäulen, behaltet aber alle eure Vernunft unter dem Steine, der euch umhüllen wird. Ihr sollet an der Thüre des Pallastes eurer Schwester stehen bleiben; und ich lege euch keine andere Strafe auf, als daß ihr Zeuginnen ihrer Glückseligkeit seyn sollet. Ihr werdet nicht eher wieder zu eurem vorigen Stande kommen können, als in dem Augenblicke, da ihr eure Fehler erkennen werdet. Ich stehe aber in großer Furcht, ihr möchtet wohl immer Bildsäulen bleiben. Man bessert sich von dem Hochmuthe, dem Zorne, der Gefräßigkeit und der Trägheit: die Bekehrung eines boshaften und neidischen Herzens aber ist eine Art von Wunderwerken."

In dem Augenblicke that die Feye einen Schlag mit ihrer Ruthe, und alle diejenigen, die in dem Saale waren, wurden in das Königreich des Prinzen versetzet. Seine Unterthanen sahen ihn mit Freuden; und er vermählete sich mit der *Schönen,* welche mit ihm sehr lange und in einer vollkommenen Glückseligkeit lebete, weil sie auf die Tugend gegründet war.